가네코 미스즈 시집

나와 작은 새와 방울과

나와 작은 새와 방울과

초판 1쇄 발행 2006년 2월 15일
초판 5쇄 발행 2018년 4월 20일

지은이 가네코 미스즈
옮긴이 서승주
발행인 고화숙
발행처 도서출판 소화
등 록 제13-412호
주 소 서울시 영등포구 버드나루로69
전 화 02-2677-5890(代)
팩 스 02-2636-6393
홈페이지 www.sowha.com

ISBN 978-89-8410-296-5 03830

값 7,000원

가네코 미스즈 시집

나와 작은 새와 방울과

가네코 미스즈(1903~1930)

■ 한국어판 가네코 미스즈 시집 출판을 축하하며

두 나라의 미래를 잇는 다리가 되기를

오무라 유코(大村祐子, JULA 출판국 대표)

가네코 미스즈는 일본에서도 한국에 가장 가까운 지역에 해당하는 야마구치현의 기타무라 지방에서 태어난 시인입니다. 멀고 먼 시대로부터 한국으로 넘어가는 항구도시의 하나인 현재의 나가토시 센자키(長門市 仙崎)가 가네코 미스즈의 고향입니다.

예부터 지금에 이르기까지 얼마나 많은 한국 사람과 일본 사람이 이 근처를 거쳐서 두 나라를 오고 갔겠습니까?

이번에 서승주 씨 덕택으로 가네코 미스즈는 바다를 건너서, 생전에 그리워하며 날마다 날마다 마음으로 달려가던 바다의 서쪽 저편, 한국에 가게 되었습니다. 가네코 미스즈의 시가 한국 사람들의 마음에 공감을 불러일으켜 주기를 바랍니다. 또 미스즈의 시가 한국과 일본의 미래를 잇는 하나의 다리가 되어 준다면 저희들은 정말 기쁘겠습니다.

『나와 작은 새와 방울과』에 부쳐

야사키 세쓰오(矢崎節夫, 동요 시인)

동요는 시입니다. 리듬입니다.

누구나 알 수 있는 말로 쓴 시입니다. 자신의 리듬으로 읽기도 하고 노래할 수도 있는 시입니다. 가네코 미스즈의 동요는 그런 멋진 시 작품입니다. 가네코 미스즈의 동요를 처음 읽은 것은 대학 1학년 때였습니다. 『일본 동요집』(요다 준이치 편, 이와나미문고)이라는 책에 단 한 편 「풍어」가 실려 있었습니다.

풍어

아침놀 붉은 놀
풍어다
참정어리
풍어다.

항구는 축제로
들떠 있지만
바닷속에서는
몇만 마리
정어리의 장례식
열리고 있겠지.

나는 강렬한 감동을 받았습니다.

풍어를 기뻐하는 사람들의 축제와 함께 번잡한 항구를 바라보면서 그 뒷면에 가리어 있는, 바다 물고기들의 슬픔을 밝혀 내는 시인의 눈을 느꼈기 때문입니다.

'이렇게 생각이 깊은, 선한 동요를 쓴 가네코 미스즈는 어떤 사람일까?'

나는 이때부터 가네코 미스즈에 관한 것은 모두 알고 싶다고 생각했습니다. 그러나 오랫동안 가네코 미스즈에 대해서 그렇게 많은 것을 알지는 못했습니다. 지금부터 50년도 더 전에 사이조 야소(西條八十)라는 유명한 시인에게 '젊은 동요 시인 중의 거성'이라고까지 기대를 받던 시인이었지만, 가네코 미스즈와 그의 동요는 동요를 사랑하는 사람들의 마음속에 은밀하고 소중하게 간직되고 세상에서는 오히려 잊히고 말았던 것입니다. 지금 내 손에는 세 권의 수첩이 있습니다. 미스즈가 자신의 동요를 소중하게 손으로 쓴 동요집입니다.

내가 미스즈를 찾기 시작하고부터 16년 후, 미스즈가 동생에게 남긴 이 수첩이 발견된 것입니다. 첫 번째 동요집 『아름다운 마을』, 두 번째 동요집 『하늘의 어머님』, 세 번째 동요집 『쓸쓸한 공주』, 이 세 권의 동요집에는 미스즈가 생전에 발표한 90편을 포함해 512편이나 되는 동요가 쓰여 있었습니다.

모두 50년도 더 오래전에 쓰였다고 믿어지지 않을 만큼 새롭게 느껴집니다. 이 시를 쓴 가네코 미스즈의 본명은 가네코 데루입니다. 지금으로부터 무려 한 세기 전, 1903년 4월 11일 야마구치현 오쓰군 센자키 가요이 마을(山口縣 大津郡 仙崎 通村)에서 태어났습니다. 지금의 나가토시(長門市) 센자키입니다. 센자키는 어촌 마을로서 센자키만과 후카가와만에 둘러싸인 삼각주의 작은 마을입니다. 마을의 단 하나뿐인 큰길에서는 오른쪽을 보아도 왼쪽을 보아도 바다가 보입니다. 맞은편에 있는 오미섬에서 보면, 마치 바다에 떠 있는 용궁과 같이 아름다운 마을입니다. 미스즈는 이 마을에서 즐거운 소녀 시절을 보냈습니다.

가네코의 가족은 아버지, 어머니, 오빠, 남동생, 할머니 그리고 미스즈까지 여섯 명이었습니다. 그러나 미스즈가 두 살 때 아버지가 돌아가시고, 태어난 지 얼마 안 되는 남동생은 시모노세키에 있는 우에야마분에이도 서점이라는 친척집에 맡겨졌습니다. 우에야마분에이도는 어머니의 여동생이 시집간 곳으로 이모에게 자식이 없었기 때문입니다. 아버지가 없는 가네코의 집은 센자키에서 작은 서점을 시작했습니다. 문구도 취급하고 있었습니다. 어머니는 무척 열심히 일하는 사람인 데다가 친절한 사람이었던 것 같습니다. 서점은 언제나 어린이들의 웃음소리로 가득했습니다. 어린이들이 들어와 책을 읽어도 어머니는 화를 내지 않았습니다. 오히려 책을 읽는 어린이는 훌륭하다며 칭찬할 정도였습니다. 그러한 어머니 밑에서 자랐기 때문에 미스즈는 어릴 적부터 책을 매우 좋아했습니다. 친척집에 갈 때도 책을 가지고 갈 정도였습니다.

여학교 시절의 미스즈에 관해 이런 이야기가 전해지고 있습니다.

학예회 때의 일입니다. 선생님이 '아무개는 이 역을 하세요. 저 역을 하세요' 하고 말할 때 미스즈는 자신이 만든 이야기를 하고 싶다고 했다고 합니다.

학예회날, 미스즈는 선생님과 전교생 앞에서 "이제 막 지어 낸 이야기입니다"라면서 이야기를 했습니다. 한밤중에 장난감 상자가 뒤집어져서 인형이 굴러 나와 뭔가를 하는 이야기였다고 합니다. 원고도 보지 않고 하는 이야기 솜씨가 너무나 좋아서 모든 사람이 깜짝 놀랐다고 합니다. 어렸을 때부터 책을 매우 좋아한 미스즈인 만큼 이야기를 만들어 모두에게 들려주는 것이 그렇게 어려운 일은 아니었을지도 모릅니다.

미스즈는 작문도 좋아했던 것 같습니다. 여학교의 문집에는 4년간 해마다 뽑힌 미스즈의 작문이 남아 있습니다. 모두 미스즈의 동요를 생각나게 하는 아름다운 문장입니다. 미스즈가 여학교 2학년 때, 남동생을 맡긴 시모노세키의 이모가 죽었습니다. 다음해 어머니는 이 시모노세키의 친척 우에야마분에이도 주인과 재혼했습니다. 그러나 미스즈는 센자키의 할머니 밑에 남아서 여학교를 졸업했습니다. 그리고 오빠를 도와 서점 일을 보았습니다. 이윽고 오빠가 결혼하자 어머니가 있는 시모노세키로 갔습니다.

시모노세키의 우에야마분에이도 서점은 본점 이외에 분점이 세 개나 있는 큰 서점이었습니다. 미스즈는 분점 중 하나를 혼자서 맡아 보기 시작했습니다. 분점이긴 했지만 센자키의 서점보다는 새 책이 많이 있었음에 틀림없습니다. 책을 좋아하는 미스즈에게는 얼마나 기쁜 일이었겠습니까.

이 서점은 미스즈에게 있어 미스즈의 동요 속에 나오는 '모래의 왕국'과 같았습니다. 산과 계곡과 들판을 마음대로 바꾸어 가는 임금님과 같이, 미스즈는 자신이 좋아하는 대로 책과 잡지를 진열하고 누구보다 먼저 새 책을 손에 넣을 수가 있었던 것입니다. 특히 시가 실려 있는 잡지는 모조리 읽었습니다. 그리고 거기에 실린 사이조 야소의 환상적인 동요에 마음을 빼앗겼습니다.

'나도 동요를 써 보고 싶다.'

작은 서점의 구석에서 미스즈는 자신의 마음을 꾸밈없이 노래하기 시작했습니다. 모든 것이 밝게 빛나기 시작하는 5월, 미스즈가 스무 살 때의 일이었습니다. 6월 초, 처음으로 쓴 동요를 미스즈는 사이조가 심사하던 잡지

『동요』에 투고했습니다. 처음으로 써서 처음으로 투고한 동요, 「물고기」와 「요술 방망이」가 『동요』 9월 호에 실렸습니다.

추천자 사이조 야소는 미스즈의 동요를 "이 느낌은 꼭 영국의 시인 크리스티나 로제티와 같다"라고 칭찬하면서 "빼어난 여류 동요 시인이 없는 오늘, 이런 상태로 힘껏 노력해 주세요"라고 격려하고 있습니다.

이때부터 「풍어」 「장마」 「아름다운 마음」 「흙」 「미코시」 등 미스즈의 동요는 연달아 잡지 『동요』에 발표되었습니다. 미스즈의 동요가 실릴 때마다 야소는 그 이미지의 풍부함을 로제티와 영국의 시인 스티븐슨과 비교하면서 절찬했습니다. 환상적이고 다정해서 사람들의 마음속 깊은 곳까지 응시하는 미스즈의 동요는 어느새 많은 시인과 문학 소년, 소녀의 마음을 빼앗았던 것입니다.

「물고기」가 실렸던 1923년 9월 호부터 1924년 6월 호까지 불과 10개월 사이에 미스즈의 동요는 실로 23편이나 뽑혔습니다.

혼슈의 남쪽 끝에 있는 시모노세키, 그곳 서점의 작은 분점 점원이던 소녀, 가네코 미스즈의 이름은 이렇게 해서 일본의 젊은 시인과 독자들이 동경하는 별이 되었습니다. 가네코 미스즈는 1930년 3월 10일, 스물여섯 살의 젊은 나이에 이 세상을 떠났습니다.

시의 시작은 하느님께 드리는 기도였다는 말이 있습니다. 『시의 이야기』(다쓰미 세이카 글)라는 책 속에 나오는 말입니다. 나는 아주 긴 시간 동안 가네코 미스즈의 동요를 한마디로 말한다면 뭐라고 해야 좋을지를 생각해 왔습니다. 기분이 좋은 시입니다. 물론 그렇습니다. 다정한 시입니다. 그것도 맞습니다. 즐거운 시입니다. 기쁨의 시입니다, 라고 해도 좋습니다. 뭐라고 해도 맞습니다. 그렇지만 어떻게 말해도 왠지 조금은 부족합니다. 미스즈의 동요를 읽은 뒤에 느끼는 마음의 고요함과 숨겨졌던 자신의 마음이 드러나는 것 같은 기분까지 표현할 수 있는 말은 없는 것일까. 이렇게 생각할 때, 문득 떠오른 것이 초등학교 시절 읽은 "시의 시작은 하느님께 드리는 기도였다"라는 말이었습니다. 이 말을 생각해 냈을 때 나는 '아, 그렇구나' 하고 조금은 이해한 듯한 느낌이 들었던 것입니다. 미스즈의 동요는, 미스즈의 기도는 시였습니다. 「나와 작은 새와 방울과」를 한 번 더 조용히 읽어 보십시오.

나와 작은 새와 방울과

내가 양팔을 활짝 펼쳐도,
하늘을 조금도 날 수 없지만,
날으는 작은 새는 나처럼,
땅 위를 빨리는 달릴 수 없어.

내가 몸을 흔들어도,
고운 소리 나지 않지만
저 우는 방울은 나처럼
많은 노래 알지는 못해.

방울과, 작은 새와, 그리고 나,
모두 달라서, 모두가 좋아.

"방울과, 작은 새와, 그리고 나, /모두 달라서, 모두가 좋아"라고 노래하는 미스즈의 마음의 기도는 누구의 마음에도 다정하고 따뜻한 울림으로 와 닿을 것입니다.

미스즈의 동요는 작은 것, 힘이 약한 것, 이름 없는 것,

쓸모없는 것, 지구라는 별에 존재하는 모든 것에 대한 기도의 노래였던 것입니다.

여러분은 가네코 미스즈 동요집을 읽고 어떻게 생각했습니까. 나는 미스즈의 동요를 정말 좋아합니다. 한 사람이라도 더 미스즈의 동요를 좋아하게 된다면 기쁘겠습니다. 그래서 누구의 마음속에나 미스즈가 들어가는 것입니다. 이 미스즈의 동요를 읽고 한 사람이라도 더 자신 속의 미스즈를 발견한다면 무엇보다 기쁘겠습니다.

이 글은 가네코 미스즈 동요 선집 『私と小鳥とすずと』에 실린 야사키 세쓰오(矢崎節夫) 씨의 글을 옮긴 것이다.

차례

1. 물고기

2. 봄날 아침

3. 모두를 좋아하고 싶어

4. 나와 작은 새와 방울과

5. 모래 왕국

일러두기

* 표시가 있는 작품은 『金子みすゞ全集』(JULA출판국)에서 발췌한 것이다.

1. 물고기

풍어

물고기

나무

흙

땅과 풀

쌓인 눈

읍내의 말

우유의 강

유리

고치와 무덤

싸움 뒤

집 없는 물고기*

꽃집 할아버지*

풍어

아침놀 붉은 놀
풍어다
참정어리
풍어다.

항구는 축제로
들떠 있지만
바닷속에서는
몇만 마리
정어리의 장례식
열리고 있겠지.

물고기

바다의 물고기는 가엾다.
쌀은 사람이 만들어 주지,
소는 목장에서 길러 주지,
잉어도 연못에서 밀기울을 받아먹는다.

그렇지만 바다의 물고기는
아무한테도 신세지지 않고
심술 한 번 부리지 않는데
이렇게 나에게 먹힌다.

정말로 물고기는 가엾다.

나무

꽃이 지고,
열매가 여물고

그 열매 떨어지고
잎이 지고,

그리고 싹이 나고
꽃이 핀다.

그렇게 몇 바퀴
돌고 나면은
이 나무는 할 일이
없어질 거야.

흙

툭툭
얻어맞는 흙은
좋은 밭이 되어
좋은 보리를 낳지요.

아침부터 밤까지
밟히는 흙은
좋은 길 되어
자동차를 지나가게 하지요.

얻어맞지 않는 흙은
밟히지 않는 흙은
필요 없는 흙일까.

아니 아니, 그것은
이름 없는 풀의
집이 되지요.

땅과 풀

엄마 모르는
풀의 아기를,
몇천만의
풀의 아기를,
땅은 혼자서
기른답니다.

풀이 파릇파릇
무성해지면,
땅은 풀에게
덮여 버릴 텐데…….

쌓인 눈

위의 눈은
추울 거야.
차가운 달님이 비추어 주니.

밑의 눈은
무거울 거야.
몇백 명이나 지고 있으니.

가운데 눈은
쓸쓸할 거야
하늘도 땅도 볼 수 없으니.

읍내의 말

산골 말은
주막집 모퉁이에,
읍내 말은
생선 가게 앞에.

산골 말은
부랴부랴 돌아간다,
실은 짐 부려놓고
산으로 돌아간다.

읍내 말은
불쌍한 말,
생선 싣고
머언 먼 읍내로
꾸중들으며, 꾸중들으며,
끌고 가는 말이지요.

우유의 강

울지 마, 강아지야
날이 저문다.

저물면
엄마가 없어도,

감청색 밤하늘에
아련하게
우유의 강이
보일걸.

유리

생각나는 건 눈오는 날
떨어져서 부서진 창유리

다음에, 다음에 하고 생각하다가
줍지 않은 창유리

절름발이 개를 볼 때마다
혹시나 그날 창 밑을
지나가지나 않았을까 생각하고는

잊을 수 없어, 눈오는 날
눈 속에 반짝이던 창유리

고치와 무덤

누에는 고치 속으로
들어갑니다,
갑갑해 보이는
그 고치 속으로.

그렇지만 누에는
기뻐하지요,
나비 되어
날 수 있어요.

사람은 무덤으로
들어갑니다.
어둡고 쓸쓸한
그 무덤 속으로.

그리고 좋은 아이는
날개 돋아
천사 되어
날 수 있어요.

싸움 뒤

외톨이가 되었다
외톨이가 되었다.
멍석 위는 쓸쓸해.

난 몰라
그 애가 먼저야.
그렇지만 그렇지만, 쓸쓸해.

인형도
외톨이가 되었다.
인형을 끌어안아도, 쓸쓸해.

살구꽃이
폴폴 포르르
멍석 위는 쓸쓸해.

집 없는 물고기*

작은 새는 가지에 집을 짓지,
토끼는 산의 굴속에 살지.

소는 소외양간, 볏짚 요 깔고,
달팽이는 언제나 집을 지고 있다.

모두 집이 있는 것들이지요,
밤에는 집에서 자는 것들이지요.

하지만, 물고기는 뭐가 있나,
굴을 팔 손도 없고,
튼튼한 등껍질을 갖지도 못하고
사람도 집을 만들어 주지 않지.

집 없는 물고기는,
바다가 울고 있는 밤도, 꽁꽁 언 밤도,
밤새도록 헤엄치며 있겠지.

꽃집 할아버지*

꽃집 할아버지
꽃 팔러,
꽃은 마을에서 다 팔렸다.

꽃집 할아버지
쓸쓸하겠다,
기른 꽃들이 다 팔렸다.

꽃집 할아버지
날이 저물고,
덩그러니 혼자서 오두막 속에.

꽃집 할아버지
꿈에 본다
팔려 간 꽃들 행복한 얼굴.

木。

お花が散って
實が熟れて、
その實が落ちて
葉が落ちて、
それから芽が出て
花が咲く。

2. 봄날 아침

금목서[1)]

금목서 향기
정원에 가득.

지나가던 바람이
문 앞에 와서
들어갈까, 그만둘까
소곤거리고 있다.

나팔꽃

파란 나팔꽃 저쪽 보고 피었다.
하얀 나팔꽃 이쪽 보고 피었다.

벌 한 마리
두 송이 꽃에.

한 분 햇님
두 송이 꽃에.

파란 나팔꽃 저쪽 보고 시드네.
하얀 나팔꽃 이쪽 보고 시드네.

그래서 끝,
그럼, 안녕.

봄날 아침

참새가 우는구나,
좋은 날씨구나,
꾸벅꾸벅
졸립구나![2)]

윗눈꺼풀은 뜰락말락
아랫눈꺼풀은 그냥 그대로
꾸벅꾸벅
졸립구나!

이제 됐니

———이제 됐니?
———아~직이야!
비파나무 아래와
모란나무 그늘에서,
숨바꼭질하는 아이들.

———이제 됐니?
———아~직이야!
비파나무 가지와
파란 열매 속에서
작은 새와 비파와.

———이제 됐니?
———아~직이야!
하늘의 밖과
검은 흙 속에서
여름과 봄과.

맨발

땅이 까매서, 젖어 있어서,
맨발이 예쁘구나.

이름도 모르는 언니가
나막신 끈 꿰어 줬지만.

내일

마을에서 만난
엄마와 아이
얼핏 들은 말은
'내일'

마을의 끝은
저녁놀 붉은 놀
봄이 가까운 걸
알 수 있는 날.

왠지 나도
즐거워져서
생각이 난 건
'내일'

풍선

풍선 가진 아이가
옆에 있어서
내가 가진 것 같았습니다.

삐, 어디에선가
피리 소리
축제 끝난 마을 뒷골목

빨강 풍선
한낮의 달
봄 하늘에 있었습니다.

풍선 가진 아이가
돌아가 버려
좀 쓸쓸해졌습니다.

おさかな

海の魚はかはいさう。

お米は人につくられる、
牛は牧場で飼はれてる、
鯉もお池で麩を貰ふ。

3. 모두를 좋아하고 싶어

개

우리 집 달리아 핀 날에
주막집 검둥이는 죽었습니다.

집 앞에서 놀고 있는 우리들에게,
언제나, 화를 내는 아주머니가.
흑흑 흐느끼고 있었습니다.

그날, 학교에서 그 일을
재밌는 듯, 이야기하고,

문득, 쓸쓸한 맘 들었습니다.

옆집 아이

누에콩 까며
듣고 있으니,
옆집 아이가
야단맞는다.

몰래 들여다볼까,
나쁜 일일까,
누에콩 손에 쥐고
나가 봤지만,
누에콩 손에 쥐고
되돌아온다.

무슨 장난
했을까,
옆집 아이는
야단맞는다.

등자나무꽃

흐느끼며
울고 있을 때
등자나무꽃 냄새가 느껴집니다.

언제부턴가
앵돌아졌는데
아무도 찾으러 와 주지 않고

벽 속의 구멍에서
줄지어 가는
개미를 보는 것도 질렸습니다.

벽 속
어둠 속
누군가의 웃음소리 나서

생각나 흐느껴 울 때
그때마다
등자나무꽃 냄새가 느껴집니다.

모두를 좋아하고 싶어

나는 좋아하고 싶어
무엇이나 어떤 것이나 모두.

파도, 토마토도, 생선도,
남김없이 좋아하고 싶어.

우리 집 반찬은 모두
어머니가 만드신 것.

나는 좋아하고 싶어
누구든지 어떤 사람이라도 모두.

의사라도, 까마귀라도,
남김없이 좋아하고 싶어.

세상 것은 모두,
하느님이 만드신 것.

이슬

아무에게도 말하지 말고 그냥 둡시다.

아침 뜨락 한구석에서
꽃님이 글썽글썽 눈물 흘린 일.

혹시라도 소문이 돌아
벌님 귀에 들어간다면

잘못이라도 한 줄 알고
꿀을 돌려주러 가겠지요.

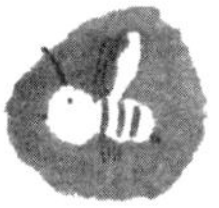

웃음

그것은 예쁜 장미색으로
겨자씨보다도 조그마해서
넘쳐흘러 땅 위에 떨어졌을 때
확, 불꽃이 튀어 오르듯
커다란 꽃송이가 피어나지요.

만약에 눈물이 흘러내리듯
이런 웃음 흘러넘치면
얼마나, 얼마나, 아름다울까요.

벌과 하느님

벌은 꽃 속에,
꽃은 정원 속에,
정원은 토담 속에,
토담은 마을 속에,
마을은 나라[3] 속에,
나라는 세계 속에,
세계는 하느님 속에,

그래서, 그래서, 하느님은,
작은 벌 속에.

자운영 잎사귀의 노래

꽃은 뜯겨서
어디로 갈까

여긴 푸른 하늘 있어
노래하는 종달새 떠 있지만

저 즐거운 듯한 나그네의
가는 곳이
생각이 난다

꽃대를 더듬는
저 사랑스런 손들 중에
나를 뜯는 손은 없을까

자운영 밭

드문드문 꽃도
피어 있는
자운영 밭이
망가집니다.

순한 눈매의
검은 소에게 끌려서
쟁기가 움직일 때에
꽃도 잎사귀도
차례차례
검고, 무거운
흙 속으로.

하늘엔 종다리가
울고 있는데,
자운영 밭은
망가집니다.

나팔꽃 덩굴

담이 가로막아
나팔꽃은
어디에 매달릴까
찾고 있다.

서쪽도 동쪽도
모두 둘러보고,
찾다 지쳐서
생각에 잠긴다.

그래도
해님이 그리워서
오늘도 한 치
더 자란다.

자라라, 나팔꽃
바로 앞에
헛간 처마 끝
이제 닿겠다.

박꽃

하늘의 별이
박꽃에게,
"쓸쓸하지 않니?" 하고
물었습니다.

우윳빛
박꽃은
"쓸쓸하지 않아" 하고
말했습니다.

하늘의 별은
그뿐,
새치름히 반짝반짝
반짝입니다.

쓸쓸해진
박꽃은,
점점 아래를
보았습니다.

돌멩이

어제는 어린애를
넘어뜨리고
오늘은 말의
발을 걸었다.
내일은 누가
지나갈까나.

시골 길바닥
돌멩이는
빨간 저녁 해에
태연스럽다.

닭*

늙은 닭은
텅 빈 밭에 서 있다.

엄마와 떨어진 병아리는 웬일일까
밭에 서서 생각한다.

풀이 무성한 밭에는
파꽃 서너 송이

더러워진 하얀 닭은
텅 빈 밭에 서 있다.

참새의 어머니*

어린애가
새끼 참새를
붙잡았다.

그 아이의
어머니
웃고 있었다.

참새의
어머니
그걸 보고 있었다.

지붕에서
울음소리 참으며
그걸 보고 있었다.

밤*

밤, 밤,
언제 떨어지지.

한 개 갖고 싶은데,
비틀어 따고 싶은데,
떨어지기 전에
비틀어 따면,
엄마 밤나무는
화를 내겠지

밤, 밤,
떨어져 다오.
착하지
기다릴게.

犬

うちのだりあの咲いた日に
酒屋のクロは死にました。
おもてであそぶわたしらを、
いつでもおこるおばさんが、
おろおろ泣いて居りました。

4. 나와 작은 새와 방울과

마음

이상함

별과 민들레

나와 작은 새와 방울과

꿈과 생시

누가 정말로

달력과 시계

수첩*

낮 전등*

매미의 옷*

마음

어머니는
어른이고 크지만
어머니의
마음은 조그맣다.

왜냐면, 어머니는 말했습니다,
조그만 나로 가득하다고.

나는 어린애로
조그맣지만
작은 나의
마음은 크다.

왜냐면, 큰 어머니로,
아직 가득해지지 않고,
여러 가지 걸 생각하니까.

이상함

난 이상해서 견딜 수 없어,
검은 구름에서 내리는 비가,
은빛으로 빛나는 것이.

난 이상해서 견딜 수 없어,
파란 뽕나무 잎새[4] 먹고 있는,
누에가 하얗게 되는 것이.

난 이상해서 견딜 수 없어
아무도 손대지 않는 박꽃이
혼자서 활짝 펴나는 것이.

난 이상해서 견딜 수 없어
누구에게 물어봐도 웃으면서
당연하지, 라고 말하는 것이

별과 민들레

푸른 하늘 속 깊이
바다의 조약돌처럼,
밤이 올 때까지 잠겨 있는,
낮별은 눈에 안 보여.
　　보이진 않지만 있어요,
　　보이지 않는 것도 있어요.

꽃 지고 시든 민들레의,
기왓장 틈새에 묵묵히
봄이 올 때까지 숨어 있는,
강한 그 뿌리는 눈에 안 보여.
　　보이진 않지만 있어요.
　　보이지 않는 것도 있어요.

나와 작은 새와 방울과

내가 양팔을 활짝 펼쳐도,
하늘을 조금도 날 수 없지만,
날으는[5] 작은 새는 나처럼,
땅 위를 빨리는 달릴 수 없어.

내가 몸을 흔들어도,
고운 소리 나지 않지만
저 우는 방울은 나처럼
많은 노래 알지는 못해.

방울과, 작은 새와, 그리고 나,
모두 달라서, 모두가 좋아.

꿈과 생시

꿈이 생시이고 생시가 꿈이라면,
좋을 거야.
꿈은 아무것도 정해져 있지 않으니,
좋을 거야.

낮 다음은, 밤인 것도,
내가 공주님이 아니란 것도,

달님은 손으로는 딸 수 없다는 것도,
백합 속으로는 들어갈 수 없다는 것도,

시곗바늘은 오른쪽으로 간다는 것도,
죽은 사람들은 없다는 것도.

정말로 아무것도 정해져 있지 않으니,
좋을 거야.
가끔씩 생시를 꿈으로 꾼다면,
좋을 거야.

누가 정말로

누가 정말로 말해 줄까요,
나의 일을 나에게.
　　남의 집 아줌마는 칭찬했지만,
　　왠지 슬며시 웃고 있었다.

누가 정말로 말해 줄까요,
꽃에게 물었더니 고개를 갸우뚱.
　　그야 그렇지, 꽃들은,
　　모두, 저렇게 예쁜걸.

누가 정말로 말해 줄까요,
작은 새에게 물었더니 날아가 버렸다.
　　절대 오지 않을 거야,
　　그러니, 말도 없이 날아간 거야.

누가 정말로 말해 줄까요,
어머니께 묻는 것은 이상하고,
　　"나는, 귀여운, 좋은 아이야?
　　아니면, 이상한 얼굴이야?"

누가 정말로 말해 줄까요,
나의 일을 나에게.

달력과 시계

달력이 있으니까
날짜를 잊어먹고
달력을 보고서야,
"사월이구나" 하지요.

달력이 없어도
날짜를 알고
영리한 꽃은
사월에 피지요.

시계가 있으니까
시간을 잊어먹고
시계를 보고서야,
"네시구나" 하지요.

시계가 없어도
시간을 알고
영리한 새는
네시에는 울지요.

수첩*

고요한 아침 바다 모래밭에서
조그만 수첩을 주웠다
주홍색 얇은 비단 표지, 금박 문자
열어서 보았지만 아직 흰 종이

누가 떨어뜨리고 갔을까
파도에 물어도 물결만 밀려왔다 밀려갈 뿐
물가에는 발자국도 없어
틀림없이 오늘 아침녘 날아가던
남으로 돌아가는 제비가
여행 일기 쓰려고
샀다 그만 떨어뜨린 걸게야.

낮 전등*

아이가 없는
아이의 방,
동그마니 매달린 알전등
쓸쓸해한다.

밖에선 맑고 산뜻한
공 튀는 소리,
창문에 밝은
햇살.

가만히 파리가
멈추어 있고,
낮 전등은
쓸쓸해한다.

매미의 옷*

어머니,
뒤곁 나무 그늘에,
매미의 옷이
있었어요.

매미도 더워서
벗었나 봐요,
벗어놓고 깜박 잊고
갔나 봐요.

밤이 되면
추울 텐데,
어디로 닿게
보내야 할까요.

私と小鳥と鈴と、

私が両手をひろげても、
お空はちっとも飛べないが、
飛べる小鳥は私のように、
地面を速くは走れない。

私がからだをゆすっても、
きれいな音は出ないけど、

5. 모래 왕국

눈

아무도 모르는 들녘 끝에서
파란 작은 새가 죽었습니다.
　　춥디추운 해 저물녘에

그 주검 묻어 주려고
하늘은 흰 눈을 뿌렸습니다.
　　깊이깊이 소리도 없이

사람들은 모르는 외딴 마을에
집도 함께 서 있습니다
　　하얗고 하얀 장옷을 입고

이윽고 어슴푸레 밝아오는 아침
하늘은 빼어나게 맑았습니다.
　　파랗게 파랗게 아름답게

조그맣고 어여쁜 영혼
하느님 나라 가는 길
　　넓고 넓게 열기 위해서

햇살

하느님의 천사가
나란히 하늘을 떠났습니다.
길에서 만난 남풍,
"뭐 하러, 어디에" 하고 물었습니다.

한 천사가 대답했습니다.
"이 '밝음'을 땅에 뿌리지,
모두가 일할 수 있게"

한 천사가 아주아주 즐거운 듯.
"나는 꽃을 피우지,
세상을 즐겁게 하기 위해서"

한 천사는 다정하고, 얌전하게,
"나는 깨끗한 영혼,
올라가는 홍예다리[6] 놓지"

남은 한 천사는 쓸쓸한 듯.
"나는 '그늘'을 만들기 위해,
역시 함께 가지요."

아름다운 마을

문득 생각난다, 그 마을의,
강변의, 빨간 지붕,

그러고서, 파아란 큰 강의,
물 위에는, 하얀 돛이,
고요히, 고요히 움직이고 있었다.

그러고서, 강 언덕 풀밭 위엔,
젊은, 화가 아저씨,
멍하니 강물을 들여다보고 있었다.

그러고서, 나는 무얼 했더라.
생각이 안 나 하고 생각하면,
그것은, 누군가에게 빌린,
책 속의 삽화였습니다.

모래 왕국

난 지금
모래 나라의 임금님입니다.

산도, 골짜기도, 들판도, 강도
마음대로 바꾸어 갑니다.

옛날얘기 속 임금님이라도
자기 나라 산과 강을
이렇게 바꿀 수는 없겠지요.

난 지금
정말로 위대한 임금님입니다.

꽃의 영혼

떨어진 꽃님의 영혼은,
부처님의 꽃밭에,
하나도 남김없이 태어나지요.

왜냐면, 꽃님은 다정하여서,
해님이 부르실 때에,
활짝 피어, 미소 지으며,
나비에게 단 꿀을 주고,
사람에겐 향기를 모두 주고서,

바람이 "이리 와" 하고 부를 때에,
역시 다소곳이 따라가서는

떨어진 꽃잎마저도, 소꿉놀이의
밥이 되어 주니까.

진흙탕

이 뒷골목의
진흙탕 속에
파란 하늘이
있었습니다.

멀리, 머얼리,
아름답게,
맑은 하늘이
있었습니다.

이 뒷골목의
진흙탕은
깊은 하늘이었습니다.

칠석날 조릿대[7]*

길 잃은 아기 참새가,
해변에서 찾아낸 작은 조릿대숲

고운 오색 종이[8]는
숲의 축제일까, 좋아라.

바스락바스락 숨어든 덤불 속,
새근새근 잠든, 그사이,
아기 참새 둥지는 바다로 떠내려갑니다.

바다에 고요한 해가 저물면,
하늘은 어제의 그 은하수

이윽고 희읍스름 동이 트이고
바다의 한가운데서 잠을 깬
귀여운 아기 참새, 슬퍼하겠지.

초가을

서늘한 저녁 바람 불어왔다.

시골 있으면 지금쯤,
바다 저녁놀, 멀리 보이고,
검은 소 끌고 돌아올 무렵,

물빛 하늘을 울면서,
천 마리 까마귀[9] 떼도 돌아올 무렵.

밭의 가지는 베었을까,
벼꽃도 필 무렵인가.

쓸쓸해, 쓸쓸해, 이 마을
집과, 먼지와 하늘뿐.

낮 불꽃놀이

불꽃놀이 화약을
사 온 날,

밤까지 기다리기
너무 어려워,
헛간에 숨어서
피웠습니다.

참억새, 낙엽송,
지지직지지직 하고,
불꽃은 환하게
피어났지만,

나는 그만 쓸쓸하게
되었습니다.

초원

이슬의 초원
맨발로 가면,
발이 푸릇푸릇 물들 거야.
풀 향기도 옮아올 거야.

풀이 될 때까지
걸어서 가면,
내 얼굴은 아름다운
꽃이 되어, 피어날 거야.

속눈썹의 무지개

닦아도, 닦아도
솟아난다,
눈물 속에서
생각하는 것.

— 난 분명히,
　주워 온 아이야 —

속눈썹 끝의
아름다운,
무지개를 보고 보며
생각하는 것.

— 오늘 간식은,
　뭘까 —

장례식날*

꽃과 깃발로 꾸민
남의 집 장례식 볼 땐
우리 집에도 있으면 좋을 텐데
그동안 생각했었다.
그렇지만, 오늘은 재미가 없어
사람은 많이 있지만
아무도 상대해 주지 않고
도시에서 온 작은어머닌
남몰래 눈물을 참고 있고
아무도 꾸중하진 않지만
왠지 난 겁이 나.
가게에서 웅크리고 있으면
집에서 구름이 솟아나는 듯
긴 행렬 이어져 갔다.
그 다음엔, 더욱더 쓸쓸하여라.
정말로 오늘은, 심심해.

우체국 동백꽃*

빨간 동백 피어 있던,
우체국이 그립다.

언제나 기대어서 구름을 보던,
검은 문이 그립다.

작고 하얀 앞치마에,
빨간 동백꽃 주웠더니,
우체국 아저씨 빙긋이 웃던,
언젠가 그날이 그립구나.

빨간 동백꽃은 베어지고,
검은 문도 부수어져,

페인트 냄새 새로운
우체국이 섰습니다.

저물녘

오빠는
휘파람을
불었다.

나는
옷소매를
깨물고 있다.

오빠는
휘파람을
그만두었다.

밖엔
가만히
밤이 왔다.

항구의 밤*

구름 낀 밤.
작은 별이 오슬오슬
하나.

추운 밤.
배의 등불 물속에 잠기어 흔들리고
둘.

쓸쓸한 밤.
바다의 눈동자 파랗게 빛나고
셋.

■ 옮긴이 주

1) 금목서: 물푸레나뭇과의 상록수교목. 초가을에 주황색 잔꽃이 잎겨드랑이에 많이 모여 피며 향기가 짙다.

2) 졸립구나: 표준어 규정에는 '졸리구나'이다.

3) 나라: 원문에는 '일본'으로 되어 있다.

4) 잎새: '잎사귀'의 충청도 방언.

5) 날으는: 표준어 규정으로는 '나는'이다.

6) 홍예다리: 양끝은 처지고 가운데는 무지개처럼 둥글고 높게 솟은 다리.

7) 칠석날 조릿대: 칠석이 되면 자녀가 있는 대부분의 집은 집집마다 조릿대를 세우고, 거기에 '은하수' '칠석날' '직녀' 또는 시구, 소원 등을 적은 오색 종이와 단자쿠(短冊)를 매달아 장식하여 견우직녀의 하룻밤 만남을 축하하고 은하수가 구름에 가리지 않도록 기원하는 풍속이 있다. 이 시에서 '조릿대'는 이렇게 많은 장식이 달린 조릿대로 이해해야 한다.

8) 오색 종이: 원문에는 '단자쿠'로 되어 있다. 단자쿠는 글씨를 쓰거나 물건을 매다는 데 쓰는 조붓한 종이, 또는 단가나 하이쿠 등을 쓰는 조붓하고 두꺼운 종이.

9) 천 마리 까마귀: 원문에는 '센바가라스(千羽がらす)'로 되어 있다. 겨울철에 시베리아와 한반도로부터 건너온 수백 마리의 까마귀떼가 무리를 지어 하늘을 메우고 시끄럽게 우는 광경을 '센바가라스'라고 한다. 겨울의 전원 풍물시 등에 자주 등장한다.

일본어 원문

1部

大漁

朝やけ小やけだ
大漁だ。
大ばいわしの
大漁だ。

はまは祭りの
ようだけど
海のなかでは
何万の
いわしのとむらい
するだろう。

お魚

海の魚はかわいそう。

お米は人につくられる、
牛はまき場でかわれてる、
こいもお池でふをもらう。

けれども海のお魚は、
なんにも世話にならないし
いたずら一つしないのに、
こうしてわたしに食べられる。

ほんとうに魚はかわいそう。

木

お花がちって
実がうれて、

その実が落ちて
葉が落ちて、

それから芽が出て
花がさく。

そうして何べん
まわったら、
この木はご用が
すむかしら。

土

こッつん　こッつん
ぶたれる土は
よいはたけになって
よい麦生むよ。

朝からばんまで
ふまれる土は
よいみちになって
車を通すよ。

ぶたれぬ土は
ふまれぬ土は
いらない土か。

いえいえそれは
名のない草の
おやどをするよ。

土と草

かあさん知らぬ
草の子を、
なん千万の
草の子を、
土はひとりで
育てます。

草があおあお
しげったら、
土はかくれて
しまうのに。

つもった雪

上の雪
さむかろな。
つめたい月がさしていて。

下の雪
重かろな。
何百人ものせていて。

中の雪
さみしかろな。
空も地面もみえないで。

町の馬

山のお馬は
酒屋のかどに、
町のお馬は
魚屋のまへに。

山のお馬は
いそいそかへる、
積荷おろして
山へとかへる。

町のお馬は
かなしい馬よ、
おさかな積んで
遠い遠い町へ
叱られ、叱られ、
曳いてく馬よ。

お乳の川

なくな、仔犬よ、
日がくれる。

暮れりや
母さんゐなくとも、

紺の夜ぞらに
ほんのりと
お乳の川が
みえよもの。

硝子

思ひ出すのは雪の日に
落ちて砕けた窓硝子

あとで、あとでと思ってて
ひろはなかった窓がらす

びっこの犬をみるたびに
もしやあの日の窓下を
とほりやせぬかと思っては

忘れられない、雪の日の
雪にひかった窓がらす

まゆとはか

かいこはまゆに
はいります、
きゅうくつそうな
あのまゆに。

けれどかいこは
うれしかろ、
ちょうちょうになって
とべるのよ。

人はおはかへ
はいります、
暗いさみしい
あのはかへ。

そしていい子は
はねがはえ、
天使になって
とべるのよ。

喧嘩のあと

ひとりになった
一人になった。
むしろの上はさみしいな。

私は知らない
あの子が先よ。
だけどもだけども、さみしいな。

お人形さんも
ひとりになった。
お人形抱いても、さみしいな。

あんずの花が
ほろほろほろり。
むしろの上はさみしいな。

お家のないお魚*

小鳥は枝に巣をかける、
兎は山の穴に棲む。

牛は牛小屋、藁の床、
蝸牛やいつでも背負ってゐる。

みんなお家をもつものよ、
夜はお家でねるものよ。

けれど、魚はなにがある、
穴をほる手も持たないし、
丈夫な殻も持たないし、
人もお小屋をたてもせぬ。

お家をもたぬお魚は、
潮の鳴る夜も、凍る夜も、
夜っぴて泳いでゐるのだろ。

花屋の爺さん*

花屋の爺さん
花賣りに、
お花は町でみな賣れた。

花屋の爺さん
さびしいな、
育てたお花がみな賣れた。

花屋の爺さん
日が暮れりや、
ぽっつり一人で小舎のなか。

花屋の爺さん
夢にみる、
賣ったお花のしやはせを。

2部

もくせい

もくせいのにおいが
庭いっぱい。

おもっての風が、
ご門のとこで、
はいろか、やめよか、
そうだんしてた。

あさがお

青いあさがおあっち向いてさいた、
白いあさがおこっち向いてさいた。

　ひとつの蜂が、
　ふたつの花に。

　ひとつのお日が、
　ふたつの花に。

青いあさがおあっち向いてしぼむ、
白いあさがおこっち向いてしぼむ。

　それでおしまい、
　はい、さようなら。

春の朝

すずめがなくな、
いいひよりだな、
うっとり、うっとり
ねむいな。

上のまぶたはあこうか、
下のまぶたはまァだよ、
うっとり、うっとり
ねむいな。

もういいの

——— もういいの。
——— まあだだよ。
びわの木の下と、
ぼたんのかげで、
かくれんぼうの子ども。

——— もういいの。
——— まあだだよ。
びわの木のえだと、
青い実のなかで、
小鳥と、びわと。

——— もういいの。
——— まあだだよ。
お空のそとと、
黒い土のなかで、
夏と、春と。

はだし

土がくろくて、ぬれていて、
はだしの足がきれいだな。

名まえも知らぬねえさんが、
はなおはすげてくれたけど。

あした

まちであった
かあさんとこども
ちらと聞いたは
「あした」

まちのはては
夕やけ小やけ、
春の近さも
知れる日。

なぜかわたしも
うれしくなって
思ってきたは
「あした」

ふうせん

ふうせん持った子が
そばにいて、
わたしが持ってるようでした。

ぴい、とどこぞで
ふえがなる、
まつりのあとのうらどおり、

あかいふうせん、
昼の月、
春のお空にありました。

ふうせん持った子が
行っちゃって、
すこしさみしくなりました。

3部

犬

うちのだりあのさいた日に
酒屋のクロは死にました。

おもてであそぶわたしらを、
いつでも、おこるおばさんが、
おろおろないておりました。

その日、学校でそのことを
おもしろそうに、話してて、

ふっとさみしくなりました。

となりの子ども

そらまめむきむき
きいていりゃ、
となりの子どもが
しかられる。

のぞいてみようか、
黒かろか、
そらまめにぎって
出てみたが、
そらまめにぎって
またもどる。

どんなおいたを
したんだろ、
となりの子どもは
しかられる。

だいだいの花

ないじゃくり
するたびに、
だいだいの花のにおいがしてきます。

いつからか、
すねてるに、
だれもさがしに来てくれず、

かべのあなから
つづいてる、
ありをみるのもあきました。

かべのなか、
くらのいなか、
だれかのわらう声がして、

思いだしてはないじゃくる、
そのたびに、
だいだいの、花のにおいがしてきます。

＊ないじゃくる＝なきじゃくる

みんなをすきに

わたしはすきになりたいな、
何でもかんでもみいんな。

ねぎも、トマトも、おさかなも、
のこらずすきになりたいな。

うちのおかずは、みいんな、
かあさまがおつくりなったもの。

わたしはすきになりたいな、
だれでもかれでもみいんな。

お医者さんでも、からすでも、
のこらずすきになりたいな。

世界のものはみィんな、
神さまがおつくりなったもの。

つゆ

だれにもいわずにおきましょう。

朝のお庭のすみっこで、
花がほろりとないたこと。

もしもうわさがひろがって
はちのお耳へはいったら、

わるいことでもしたように、
みつをかえしにゆくでしょう。

わらい

それはきれいなばらいろで、
けしつぶよりかちいさくて、
こぼれて土に落ちたとき、
ぱっと花火がはじけるように、
おおきな花がひらくのよ。

もしもなみだがこぼれるように、
こんなわらいがこぼれたら、
どんなに、どんなに、きれいでしょう。

はちと神さま

はちはお花のなかに、
お花はお庭のなかに、
お庭は土べいのなかに、
土べいは町のなかに、
町は日本のなかに、
日本は世界のなかに、
世界は神さまのなかに。

そうして、そうして、神さまは、
小ちゃなはちのなかに。

げんげの葉のうた

花はつまれて
どこへゆく

ここには青い空があり
うたうひばりがあるけれど

あのたのしげな旅びとの
風のゆくてが
おもわれる

花のつけ根をさぐってる
あのあいらしい手のなかに
わたしをつむ手は
ないかしら

げんげ畑

ちらほら花も
さいている、
げんげ畑が
すかれます。

やさしいめをした
黒牛に
ひかれてすきが
うごくとき、
花も葉っぱも
つぎつぎに、
黒い、重たい
土の下。

空じゃひばりが
ないてるに、
げんげ畑は
すかれます。

朝顔のつる

垣がひくうて
朝顔は、
どこへすがろと
さがしてる。

西もひがしも
みんなみて、
さがしあぐねて
かんがえる。

それでも
お日さまこいしゆうて、
きょうも一寸
またのびる。

のびる、朝顔、
まっすぐに、
納屋のひさしが
もう近い。

夕顔

お空の星が
夕顔に、
さびしかないの、と
ききました。

おちちのいろの
夕顔は、
さびしかないわ、と
いいました。

お空の星は
それっきり、
すましてキラキラ
ひかります。

さびしくなった
夕顔は、
だんだん下を
むきました。

石ころ

きのうは子どもを
ころばせて
きょうはお馬を
つまずかす。
あしたはたれが
とおるやら。

いなかのみちの
石ころは
赤い夕日に
けろりかん。

にはとり

お年をとった、にはとりは
荒れた畑に立って居る

わかれたひよこは、どうしたか
畑に立って、思ってる

草のしげった、畑には
葱の坊主が三四本

よごれて、白いにはとりは
荒れた畑に立ってゐる

雀のかあさん*

子供が
子雀
つかまへた。

その子の
かあさん
笑ってた。

雀の
かあさん
それみてた。

お屋根で
鳴かずに
それ見てた。

栗*

栗、栗、
いつ落ちる。

ひとつほしいが、
もぎたいが、
落ちないうちに
もがれたら、
栗の親木は
怒るだろ。

栗、栗、
落ちとくれ。
おとなしいよ、
待ってるよ。

4部

こころ

おかあさまは
おとなで大きいけれど、
おかあさまの
おこころはちいさい。

だって、おかあさまはいいました、
ちいさいわたしでいっぱいだって。

わたしは子どもで
ちいさいけれど、
ちいさいわたしの
こころは大きい。

だって、大きいおかあさまで、
まだいっぱいにならないで、
いろんなことをおもうから。

ふしぎ

わたしはふしぎでたまらない、
黒い雲からふる雨が、
銀にひかっていることが。

わたしはふしぎでたまらない、
青いくわの葉たべている、
かいこが白くなることが。

わたしはふしぎでたまらない、
たれもいじらぬ夕顔が、
ひとりでぱらりと開くのが。

わたしはふしぎでたまらない、
たれにきいてもわらってて、
あたりまえだ、ということが。

星とたんぽぽ

青いお空のそこふかく、
海の小石のそのように、
夜がくるまでしずんでる、
昼のお星はめにみえぬ。
　　見えぬけれどもあるんだよ、
　　見えぬものでもあるんだよ。

ちってすがれたたんぽぽの、
かわらのすきに、だァまって、
春のくるまでかくれてる、
つよいその根はめにみえぬ。
　　見えぬけれどもあるんだよ、
　　見えぬものでもあるんだよ。

わたしと小鳥とすずと

わたしが両手をひろげても、
お空はちっともとべないが、
とべる小鳥はわたしのように、
地面をはやくは走れない。

わたしがからだをゆすっても、
きれいな音はでないけど、
あの鳴るすずはわたしのように、
たくさんなうたは知らないよ。

すずと、小鳥と、それからわたし、
みんなちがって、みんないい。

ゆめとうつつ

ゆめがほんとでほんとがゆめなら、
よかろうな。
ゆめじゃなんにも決まってないから、
よかろうな。

ひるまの次は、夜だってことも、
わたしが王女でないってことも、

お月さんは手ではとれないってことも、
ゆりのなかへははいれないってことも、

時計のはりは右へゆくってことも、
死んだ人たちゃいないってことも。

ほんとになんにも決まってないから、
よかろうな。
ときどきほんとをゆめにみたなら、
よかろうな。

だれがほんとを

だれがほんとをいうでしょう、
わたしのことを、わたしに。
　　よそのおばさんはほめたけど、
　　なんだかすこうしわらってた。

だれがほんとをいうでしょう、
花にきいたら首ふった。
　　それもそのはず、花たちは、
　　みんな、あんなにきれいだもの。

だれがほんとをいうでしょう、
小鳥にきいたらにげちゃった。
　　きっといけないことなのよ、
　　だから、いわずにとんだのよ。

だれがほんとをいうでしょう、
かあさんにきくのは、おかしいし、
　　(わたしは、かわいい、いい子なの、
　　それとも、おかしなおかおなの。)

だれがほんとをいうでしょう、
わたしのことをわたしに。

こよみと時計

こよみがあるから
こよみをわすれて
こよみをながめちゃ、
四月だというよ。

こよみがなくても
こよみを知ってて
りこうな花は
四月にさくよ。

時計があるから
時間をわすれて
時計をながめちゃ、
四時だというよ。

時計はなくても
時間を知ってて
りこうなとりは
四時になくよ。

手帳*

靜かな朝の砂浜で
小靜さな手帳をひろった
緋繻子の表紙、金の文字
あけてみたれどまだ白い

たれが落して行ったやら
波にきいても波ざんざ
渚に足のあともない
きっと今朝がた飛んでゐた
南へかへるつばくろが
旅の日記をつけるとて
買うて落としたものでせう。

書の電燈*

子供のゐない
子供部屋、
ぽつつり電燈
さびしかろ。

外には冴えた
球のおと、
お窓に明るい
日のひかり。

しづかに蝿が
とまってる、
書の電燈は
さびしかろ。

蟬のおべべ*

母さま、
裏の木のかげに、
蟬のお蟬べべが
ありました。

蟬も暑くて
脱いたのよ、
脱いで、忘れて
行ったのよ。

晩になったら
さむかろに、
どこへ届けて
やりましょか。

5部

雪

だれも知らない野のはてで
青い小鳥が死にました
　　さむいさむいくれがたに

そのなきがらをうめよとて
お空は雪をまきました
　　ふかくふかく音もなく

人は知らねど人里の
家もおともにたちました
　　しろいしろいかつぎ着て

やがてほのぼのあくる朝
空はみごとに晴れました
　　あおくあおくうつくしく

小さいきれいなたましいの
神さまのお国へゆくみちを
　　ひろくひろくあけようと

日の光

おてんと様のお使いが
そろって空をたちました。
みちで出会ったみなみ風、
(何しに、どこへ。) とききました。

ひとりは答えていいました。
(この「明るさ」を地にまくの、
みんながお仕事できるよう。)

ひとりはさもさもうれしいそう。
(わたしはお花をさかせるの、
世界をたのしくするために。)

ひとりはやさしく、おとなしく、
(わたしはきよいたましいの、
のぼるそり橋かけるのよ。)

のこったひとりはさみしそう。
(わたしは「かげ」をつくるため、
やっぱり一しょにまいります。)

美しい町

ふと思ひ出す、あの町の、
川のほとりの、赤い屋根、

さうして、青い大川の、
水の上には、白い帆が、
しづかに、しづかに動いてた。

さうして、川岸の草の上、
若い、繪描きの小父さんが、
ぼんやり、水をみつめてた。

さうして、私は何してた。
思ひ出せぬとおもったら、
それは、たれかに借りてゐた、
御本の挿繪でありました。

すなの王国

わたしはいま
すなのお国の王様です。

お山と、谷と、野原と、川を
思うとおりにかえてゆきます。

おとぎばなしの王様だって
自分のお国のお山や川を、
こんなにかえはしないでしょう。

わたしはいま
ほんとにえらい王様です。

花のたましい

ちったお花のたましいは、
みほとけさまの花ぞのに、
ひとつのこらずうまれるの。

だって、お花はやさしくて、
おてんとさまがよぶときに、
ぱっとひらいて、ほほえんで、
ちょうちょにあまいみつをやり、
人にゃにおいをみなくれて、

風がおいでよよぶときに、
やはりすなおについてゆき、

なきがらさえも、ままごとの
ごはんになってくれるから。

ぬかるみ

このうらまちの
ぬかるみに、
青いお空が
ありました。

とおく、とおく、
うつくしく、
すんだお空が
ありました。

このうらまちの
ぬかるみは、
深いお空で
ありました。

七夕の笹

みちを忘れた子雀が、
濱でみつけた小笹藪。

五色きれいな短冊は、
藪のまつりか、うれしいな。

かさこそもぐった藪のなか、
すやすやねんね、そのうちに、
お宿は海へながれます。

海にしづかな日が暮れりや、
きのふのままの天の川。

やがてしらじら夜があけて、
海の最中で眼をさます、
かはい子雀、かなしかろ。

はつ秋

涼しい夕風ふいて来た。

田舎にゐればいまごろは、
海の夕やけ、遠くみて、
黒牛ひいてかへるころ、

水色お空をなきながら、
千羽がらすもかへるころ。

畠の茄子は刈られたか、
稲のお花も咲くころか。

さびしい、さびしい、この町よ、
家と、ほこりと、空ばかり。

晝の花火

線香花火を
買った日に、

夜があんまり
待ちどほで、
納屋にかくれて
たきました。

すすき、から松、
ちやかちやかと、
花火はもえて
いったけど、

私はさみしく
なりました。

草原

露の草原
はだしでゆけば、
足があをあを染まるよな。
草のにほひもうつるよな。

草になるまで
あるいてゆけば、
私のおかほはうつくしい、
お花になって、咲くだらう。

睫毛の虹

ふいても、ふいても
湧いてくる、
涙のなかで
おもふこと。

——あたしはきっと、
　　もらひ兒よ——

まつげのはしの
うつくしい、
虹を見い見い
おもふこと。

——けふのお八つは、
　　なにか知ら——

おとむらひの日*

お花や旗でかざられた
よそのとむらひ見るたびに
うちにもあればいいのにと
こなひだまでは思ってた。
だけども、けふはつまらない
人は多ぜいゐるけれど
たれも對手にならないし
都から来た叔母さまは
だまって涙をためてるし
たれも叱りはしないけど
なんだか私は怖かった。
お店で小さくなってたら
家から雲が湧くやうに
長い行列出て行った。
あとは、なほさらさびしいな。
ほんとにけふは、つまらない。

郵便局の椿*

あかい椿が咲いてゐた、
郵便局がなつかしい。

いつもすがって雲を見た、
黒い御門がなつかしい。

ちひさな白い前かけに、
赤い椿をひろっては、
郵便さんに笑はれた、
いつかのあの日がなつかしい。

あかい椿は伐られたし、
黒い御門もこはされて、

ペンキの匂ふあたらしい、
郵便局がたちました。

くれがた

にいさん
口ぶえ
ふきだした。

わたしは
たもとを
かんでいた。

にいさん
口ぶえ
すぐやめた。

おもてに
こっそり
夜がきた。

港の夜*

曇った晩だ。
ちいさい星がふるえふるえ
ひとつ。

さァむい晩だ。
船の灯りが映ってゆれて
ふたつ。

さみしい晩だ。
海のお瞳があおく光って
みっつ。

星とたんぽぽ

青いお空の底ふかく、
海の小石のそのやうに、
夜がくるまで沈んでる、
晝のお星は眼にみえぬ。
見えぬけれどもあるんだよ、
見えぬものでもあるんだよ。

■ 지은이 연보

1903년 일본 야마구치현 오쓰군 센자키(山口縣 大津郡 仙崎)에 서 출생. 형제로는 오빠와 남동생이 있음.

1906년 이모부가 경영하는 우에야마분에이도 서점의 지점을 맡아 중국에 가 있던 아버지 사망. 어머니가 가네코분에이도 서점을 시작.

1916년 오쓰고등여학교에 입학. 뛰어난 글 솜씨로 동창회지 『미사오』(ミサヲ)에 해마다 작품이 게재됨.

1919년 어머니 재혼.

1923년 어머니가 있는 시모노세키로 이주하여 우에야마분에이도 분점에서 일하기 시작. 이 무렵부터 본명인 데루 대신 미스즈라는 필명 사용. 『동요』 9월 호에 「물고기」 등이 실리며 시인으로 데뷔. 특히 사이조 야소에게 높이 인정받고 젊은 시인 지망생들 사이에 동경의 대상이 됨.

1926년 우에야마분에이도 서점의 점원과 결혼, 이해 11월에 딸 출산. '동요시인회'의 회원이 되어 여기에서 펴낸 『일본동요집』에 「풍어」 게재. 『동요』 4월 호 특별 모집에서 「이슬」이 일등으로 뽑히는 한편 첫 번째 동요집 『아름다운 마을』과 두 번째 동요집 『하늘의 어머님』 완성.

1928년 방탕한 생활을 하는 남편과 불화를 빚던 끝에 11월 남편이 미스즈의 창작 활동과 편지를 금지.

1930년 2월에 남편과 이혼. 3월 9일 사진관에서 홀로 사진을 찍고 딸을 빼앗길 것을 두려워하여 3월 10일 수면제를 음독하고 자살로 생을 마감.

1982년 동요 시인 야사키 세쓰오, 미스즈의 남동생이 유고가 적힌 세 권의 수첩을 보관하고 있음을 밝혀 냄.

1984년 세 권의 유고집이 『가네코 미스즈 전집』(JULA출판국)으로 출간. 이후 일본의 초등학교 국어 교과서에 수록. 영어, 중국어, 독일어, 네팔어 등 세계 각국의 언어로 번역 · 출판.

2003년 나가토시에서 가네코 미스즈가 일하던 가네코분에이도 서점을 복원하여 '가네코 기념관'으로 개관.

■ 옮긴이의 글

가네코 미스즈의 시를 알게 된 것은 일본에 처음 갔던 1994년 어느 봄날이었습니다. 내가 살던 집에서 가까운 와세다 대학 근처의 한 서점에서 우연히 그의 시를 읽게 되었습니다. 그때 읽은 짤막한 몇 편의 작품에서 받은 짜릿한 감동, 그것은 내가 읽었던 어떤 시에서도 체험한 적 없는 새로운 것이었습니다. 그 친밀함과 신선하게 느껴졌던 놀라움의 감동, 그것은 오랫동안 내 마음에서 가시지 않았습니다. 간결한 몇 줄의 문장으로부터 오는 힘에 이끌려 당장 시집을 사들고 온 나는 작품들을 한 편 한 편 꼼꼼히 읽어가면서 새로운 감동에 젖어들었습니다.

그의 시들은 잠재의식 속에 묻혀서 영원히 잊혀지고 말 뻔했던 내 유년의 정서들을 마술같이 되살아나게 했습니다. 물고기와 새도, 나무와 풀과 꽃도, 저녁노을에 비친 길가의 돌멩이도, 은은하게 들려오는 바닷가의 종소리도 하나하나 의미 있는 것들로 되살아났습니다. 유년의 기억들, 그 속에는 그동안 내가 잊고 살아왔던 삶의 진실들이 오롯이 살아남아 있었던 것입니다. 그러한 그의 작품들은 어느 것이 대표작이랄 것 없이 모든 작품이 주옥같이 아름다웠습니다.

그로부터 꽤 많은 시간이 흘렀습니다. 그동안 한국과 일본 사이에는 크고 작은 국제적 행사도 있었고, 다양한 문화 교류도 있었습니다. 그러나 신기하게도 가네코 미스즈의 문학은 우리 나라에 아직 소개되지 않고 있습니다. 기회가 있으면 우리 나라에도 소개하고 싶다는 생각으로 한 편 한 편 우리말로 옮겨 놓았었는데, 이번 기회에 적은 양이지만 비로소 책으로 엮어 펴내게 되었습니다.

그의 작품은 총 512편입니다만 우선은 60편만 소개하기로 했습니다. 여기에 번역하여 실은 작품들은 일본의 JULA출판국에서 간행한 가네코 미스즈 동요집『わたしと小鳥とすずと』와『金子みすず全集』을 텍스트로 했음을 밝혀 둡니다. 또한 함께 실은 원문은 텍스트의 표기를 따랐기 때문에 현대어와 고어가 섞여 있습니다.

시의 번역이기 때문에 원작의 의미는 물론 작품의 분위기와 정서와 리듬도 살려내고자 최선을 다했지만 미숙한 부분이 많으리라 생각됩니다. 간결하면서도 맑고 깨끗하고 서정적인 가네코 미스즈의 시는, 시를 좋아하는 우리 나라의 어른들은 물론 청소년과 어린이들에게도 폭넓게 읽힐 수 있으리라고 기대합니다.

가네코 미스즈의 작품들은 <가네코 미스즈 저작보호회>에서 저작권을 보호하고 있습니다. 한국어 번역 출판을 허락해 주신 오무라 유코(大村祐子) 님께 감사드립니다.